矢澤重徳歌集

会津、わが一兵卒たりし日よ

皓星社

会津、わが一兵卒たりし日よ ＊ 目次

会津、わが一兵卒たりし日よ

磐梯、母、花火

会津、わが一兵卒たりし日よ

波濤

ぼくは砂を胸に流して立っている砂時計に似てただ佇っている

敗走

インターの歌知らざればデモ隊の野火に似て湧く日大校歌

連帯を求めて走りゆく友の銀ヘルの肩長髪なびけ

長髪の君は旗竿水平に構えて走る　震えてなるか

ビラを手に「神田カルチェラタン闘争」と叫ぶ少女の真白きブラウス

銀ヘルの群れは波打ちブラウスの　君泣いていた白山通り

上り坂息急き切って逃れゆく駿台の崖　雪降り止まず

逃げたとは言わぬ歩いた夕暮れの水道橋から神保町まで

霙降る校舎の窓よ椅子のないロックアウトの教室暗し

法学部校舎「立入禁止」され抗議のデモに降る、机、椅子

義理と人情、熱き連帯タテカンに「昭和残侠伝」気取りて書けば

モディリアーニ、ジャンヌの肌の真白きに革命ありと友は笑えり

封鎖ならず追い詰められて非常口螺旋階段の錆　軍手に赤し

富坂の下までついて送りたる友を乗せゆく青い護送車

君に会いに小菅の塀を沿ってゆく小菅の塀に花は吹雪かず

あの人はどこのどなたか流れゆけ海峡鷗、漂流、ブント

我らみな雨に洗われ立っている街路を走り走り行くため

六月の雨の週末虚しけれど反戦フォークなど誰がゆく

黙契

呑気そうに空見ているがもう既に粘土になったぼくの胸の奥

見上げると赤の点滅さしあたり遣り残したることが解らぬ

田《ジョン》という友がそっと手を振ったマッカリ売りが母《オモニ》であったか

眉寄せて東上野の生まれだと君は銀ヘル膝に語りき

「水の都《ベネツィア》は晴」の予報をキムチ屋のテレビが映す遥かな青空

手も足もボトルに絡む蔦になり路地の先まで行く覇気もなく

留守番の老人に似て丸椅子に朝鮮青磁の皿乗っている

湯島から風が背中に吹いてきて電車の音が胸突き抜ける

口紅を薄く引きたるホステスのその吃音に心を知れり

琉金の模様のシャツで眞露注ぐ赤い指輪もコップに透ける

湿りもつ三尺路地に俺もまた発情過ぎた幾匹のオス

止まぬ雨に傘さしてなお膝濡れてこの世に有るを確かめている

コスモスの揺れる夕暮れ歩み来る君は小菅の橋の袂を

上野

火の焼酎《ソジュ》が渦巻いていている探していたがそもそも悩みはなんだったっけ

負け犬の闘争心に似てわれの古き時計の針、黄昏れる

いつからか如何で退きどき計りおり尖った夕焼けまた俺を刺す

どうすればいいか解らず飲んでいる「涙の連絡船」聞きながら

逢いたくて逢えば寂しくなってくる串焼く炭火が爆ぜて潮時

幾百の人が座りし古き椅子に同化せぬよう心して飲む

酒一滴膝に滲んだままにして上野の街は夜の雨に冷ゆ

肴焼く炭火が爆ぜてもぽつねんと酒飲んでいる夜もありぬべし

つやつやの盛り場過ぎて雪が降る上野夜汽車のホームは昏し

乗り継いで磐越西線曇り窓　透いて流れる真白き原野

反逆も暴虐自虐あおあらし尖れる心も面白かろう

甘やかにわかるわかると肩を組む酔うて分かるは苛むに似て

望まざる人の盃巡りきてぼくの裸形はあらわとなれり

鰊焼く煙が店より流れ出て眉を寄せつつこころ羨《とも》しさ

ぬばたまの宵のししゃもに炭が跳ね今日の記念に先ずは一合

常駐を信条として逃げもせず戦いもせずまた酒を飲む

伽羅色の皿のカレイが両目して天を睨んで総括せぬか

触れずとも不快なるもの　しっとりと濡れた暖簾と夜郎自大と

待つ

僕たちは鱒に似ていたかもしれぬ初秋の水辺に体を寄せて

壁にもたれ改札口に立っていた有楽町は驟雨の降るに

右の肩左の肩をひとつずつ濡らして歩く有楽町まで

外套を腕に抱えて走り込む新宿西口みな若くして

境界が揮発していくようだったボタンダウンの胸眩しくて

菩提樹の街路で偶然行き会いし不忍通りと交わる辺り

鈴懸の街路の歩道渡りゆく畢竟一人にほかならずかと

かさかさと菩提樹の葉の落ちた先　駿台行きのバスが出てゆく

雨上がりのゼブラゾーンがうっすらと潤んでいたねスーパーの帰り

君の口はカスタネットによく似ててぼくをカチンと音立てて咬む

振り返る振り返る振り返らない　遠ざかる真白き日傘を見送っていた

枝を抱く蝉の抜け殻執愛の夏果つるまで抱かねばならぬ

公園は秋の匂いに満ちており僕らは少しまた嘘をつく

帰郷

六月の歩道を叩く雨音に隠れて棄てしは旗のみならず

宿縁を思い出させてあやめ咲く刑場跡は白鼠の空

秘することと知らるることも成り行きと思えど自ら言い聞かせつつ

両の手で顔を覆いて泣きしこと夜半の風呂にて二度ありたれば

雨音の勢いもまた孤独なり闇に目覚めて目覚めても闇

国護り郷護ること問うように地震《なえ》なお暑し六月の朝

透き通る生春巻きを一口に咬んで五月の中華屋の窓

陽は昇るジョガーは素早く抜いて行く幸吉の父に似た人の背を

草叢に猫伏す気配の夏の夜の熟れた水蜜淫らに匂う

朝に歩く石堂町は夭々と夏椿は白く初夏眩しき街

樹下の道ひとり通えば新しき花の咲けるも散るにも遭いたり

あわあわと萌え拡がりてかく静か新聞広げ爪切っている

欠けし文字隠してネオン明滅す水に映りて面を揺られけり

言い含められて飛び立つ熱気球地上の俺は星にはなれず

花言葉は「いつもご機嫌」孔雀草も午後の日差しはたまらんらしい

パンの耳を指で千切って食っている今日だけ失踪したくなりつつ

屋根叩き秋の未明を降りし雨目覚めて闇が私に近づく

磐梯、母、花火

薄化粧

失いし仕草も母の胸の香もわが眼の奥の丸い水溜り

1

もし僕を生んで始まる苦しみの果てであったか　ただ蟬時雨

病棟の窓を過ぎ行く風がある雲や陽があるこんなにも有る

富田砕花一冊母の病室の棚に見つけて少し身構える

ただ一首銀の栞の挟まれた砕花歌集の『悲しき愛』の
クレゾールは少し哀しい、夏の窓白きカーテン吹く風がある

銅製の腰艶やかなマリア像窓辺に置かれその北向きの窓

夏果つる白妙の雲渓谷を落ちゆく帽子もただ白かりき

今日の夕日はこんなに赤く美しく失くした帽子はどうしたでしょう

揺籃を吹き抜けゆくは初夏の風はるか口笛のごとき夢なる

2

ボンネットバスから降り来し若き母の素足見ておりわが幼年期

おんな下駄、素足、パラソル、絽の絣、陽炎ゆれて思い出せない

九月までみんなで居よう　暑いから素麺いいねと母は言いたり

病室に薄化粧する母がいて窓射す夕陽にカーテン引きぬ

薬売りの紙風船は柔らかく転がっていてつつましき朝

汝が息が緩《ゆる》く詰まった風船にぼくも息詰む一つふやして

柔らかに閉じた睫毛が濡れている喜怒哀楽の色あらばとぞ

気忙しきことといえども靴音のほか音たてず廊下をわたる

怖いのはここだったんだね病棟の夜の廊下に並んだドア

熱の言葉正気の言葉ことさらに分かちて垂るる導尿の管

まどろむ母見つめる僕と夏服を着ても寂しき青空のした

3

夢のぼく目覚めたぼくの境目の繰り返しこそ時間というか

鳳仙花弾けたあとの夕間暮れ非常口からふんわり蛍

その部屋に札はなけれど階段の奥と思えり霊安室など

胸元はまだ暖かく午後五時の「夕焼け小焼け」が村に響けり

4

五歳夏、本気で駆ける夕暮れは戻れなくなる角があるんだ

停電

北向きの花壇の端の水仙は白であることこの頃解る

1

花の名は黄《きい》の花なり菜の花の畑に居りし三歳われは

見守られ抱きしめられて陽春の畑に遊ぶ祖母に連れられ

夕暮れはラヂオドラマが聞きたくてサトルと一緒に走る走る

血脈の不思議を思い天窓の「久しぶりだね月見るなんて」

菜畑は黄色に染まり真向いの不出来のラディッシュ間引かれている

目の前がすべて眩しき朝がきて惜しくなるほど空が澄みたり

黄帽子の列は愛しく夢すべて叶うかチューリップのアップリケ

胸探り鼓動を聞いて陽だまりの祖母に抱かれて指を吸いつつ

膝に座り祖父に幾度もせがみたり幼き義経鞍馬山の段

菊の首溺れるように揺れるから銀杏拾えばぼく帰るから

眼を閉じた母の冷たき頬撫でる己が涙で目覚めし夜明け

2

人の子や親であることふと思う晩夏の花火病棟に見ゆ

二人の母並ぶ戸籍簿律儀なる青き斜線のただ紙なれど

それぞれの命を懸けた病棟の窓の灯りは夜景となった

とろとろと風吹く午後の寂しさは母失いし少年の日の

息継ぎに合わせて歩む人の背のバッグは大揺れささくれ西日

残る日を告げることなく帰る道カサコソ風がおれを追い来る

知恵として残りの日々を告げぬままさらさら雪降る停電の夜

かたちなく絶てざるものを血脈と思えば父を生家に伴う

八月の正午に響くサイレンに父は閉じたり佐太郎歌集

青空

襟すこし汗の滲んだ白いシャツ脱ぎ捨てるとき春の匂いす

春風へ首突っ込んで少しだけ泣くこころよさ誰も来ぬ間に

青空に鳴き溢れたり黄色《きいろ》の声はひばりの恋歌として

雲雀子は光のなかに紛れ去る目にちかちかと空映す水よ

なんという素直な嘘だ黄金虫少し触れば死んだふりして

研ぐ鎌は青く光りて今日こそはざくっと水仙刈ろうと思う

別れより汚れた軍手は脱ぎ捨てる菜の花畑、明るい挫折

塩梅で終わる命もかなしくて今日は一人で草刈りをする

逃げきれぬ降りかけ雨はたちまちに若き農婦の乳房を濡らす

植えざりし田畑ばかりの六月の雨降り続く誰にも会わぬ

明日ひらく花蕾をもたぬ菜の花を冷たき風がざわざわ走る

カサブランカ白の決意を思うとき聞こえるだろう切り取る悲鳴

農婦ひとり種を歩幅に蒔いてゆく満ちる気化熱身に纏わせて

蔓ごとに立てる支柱に浮く錆の歳月農婦は振り返らない

空の青ゆらめき映る春の水風光るまで静もりて待つ

捨てられて朝に死にゆく赤子猫生まれしことも軽かりにけり

誰かれの別なく春の陽は注ぐ農婦は去年寡婦となりしと

春風に草ゆれ伸びて赤や黄に咲いているとは不思議なことよ

外つ国の飢餓のニュースに思いおり農民詩人と語りし夜のこと

花曇

春灯が艶めかしくて独り言つぶやき少し泣きたい風ぞ

1

ひこうきを折らば飛びゆくつる折らば鶴に試されている僕

春の灯に薄く戸を開けぽつねんと父が背を向け酒飲んでいる

暖かき虹の生まれし草叢の引込み線は物憂き錆色

ここにまた生きむと思う春の宵いま別れ来し男らあれば

鼻先の笑いをそっと飲み下し春の日向に無為の昼寝す

村の坂引き返すべき訳もなく段々畑は菜の花明かり

どことなく潤んで見ゆる今日の星花散る宵の星なればこそ

夜の花の宴に居れど一人ぼち瞬《まばた》きほどに星は瞬《またた》く

また揺れて瞬《またた》き返す春の星明日また生きるわれらに遠く

ベロニカの花の群れまで走る野火立ち上がりたりその意志として

染みていく薄紫の春愁をビオラと呼んで内に飼い殺す

ひとつずつ株ひとつずつアイリスに呪文吹き込む　あっ　空は青

2

てのひらにそっと吐《は》かれた桜桃の種のようだよ嘘というのは

群々《むらむら》とかおりをたたす一輪の季節はずれの梔子手折れり

満天の星を磨きて初夏の風わが頰過ぎて桜桃揺らす

むくむくと芽を吹き出した黒土の地熱をおれも頼らんとする

握り締めた少し青い姫林檎その渋ささえ暖かくある

廃坑の門の欅に蝉が鳴く誰にも会わぬ佳き疎外感

かつて桶にビール冷やして飲みしこと祖父死ののちは井戸を閉ざせり

銀色の冷えたビールを注ぐときは慈愛に満ちた眼差しすべし

炎天に女の声して鳳仙花弾けて飛んだ音かも知れぬ

ひこばえす石部桜《いしべざくら》の花びらよ衣擦れのよう幽かに音して

人生の岸辺に

坂道

折り返す人もありけり若きらの白虎の墓碑に忘れ雪飛ぶ

1

夭折の墓碑は冷たく少しずつ固い桜に降り来る雨は

屠腹せし山の墓碑には夕暮れの小雨ののちなる安堵こそあれ

咲いたばかりの蛍袋を破裂さす円谷幸吉を夢見し朝よ

さようならもう走れません幸吉は七生報国誓いし身なれど

ランナー円谷幸吉は最後の正月を故郷で過ごし、母に正月料理「三日とろろ」の礼を書き残して自死した。

来し方を三日とろろに混ぜ込んで歩いて生きる幸もありしを

手のひらに閉じ込めしのち幽かなる悔いもて放つ蛍八月

生も死も切実なれど春われら新しき血に目覚めゆく　走れ

2

母あらば七十七の小正月てのひらに雪ポツンと融けた

駅の北に磐梯山がそっと立つ仲間はずれのようであったよ

新雪なんという静寂無音清けき原野身捨つるほど

ただ白くただ吹き荒れる　ああ新雪憂きしこの身も包みゆくべし

満月を背に舞い上がる白鳥の躊躇いながら円描きつつ

真逆さまに星の光も身の冷えも新雪の上に屹立せよ　月

3

酒呑むとは斯くたゆとうもの雪の夜の私の傘も揺れ止まぬよ

彼の背に拡がる波を見続ける繰り返しという時に託して
地吹雪に口をしっかり結びたり佇ちつくす胸のそのがらんどう

声

きりきりと冷え落ちて来て美しき弥勒菩薩の眉ほどの月

1

この町を出ようというに西出丸椿坂は雪　さむざむと見き

美しき終りのかたち花吹雪　此岸の境界跨ぐがごとく

びゅうびゅうと吹雪が裂けて奔る夜に『厄除け詩集』を抱きしめている

風冴えて枯れた青桐見ておれば身に覚えなきことすら巡る

天と地の縁も途切れて冬薔薇の時間の揮発を見つめていたり

三猿の要らぬ宿縁断ち切って詩人の「言わざる」感極まれり

いかに書く紫式部春の夜のレッドツェッペリン聴いたのちは

仰向けに沙羅の花落つマイファニーバレンタイン流れる雨の日曜日

足元を濡らして雨の官能の光を散らす新しき靴

競技者《ジャンパー》は背を向けて跳ぶ密やかな茜へ続く暗き助走路

銀幕が沸きし日があり唐突に今朝夢に見き多羅尾伴内

阿賀川の岸辺に住まふ歌詠みが赤風車《ムーラン・ルージュ》と呼ぶ錆び水車

2

葉桜の隙から望む白雲もその高きにおいて僕は届かぬ

垂る藤の青に愚かに泣く僕の初夏の夜明けの空っぽの胸

袖に付く蛍八月　遥か以前の退嬰的恋のようなる

こんなにも深い緑の坂に立つ　おおい雲よ何かあったか

名札

若き日の髪に結い上げ紅をさし今日はサキさんどこにお出かけ

スカートのサキさんの手を引く夕間暮れ問わず語りは夕餉のことらし

春の午後ぼくの右手をゆるゆると摑む細き手その白きこと

からっぽのシャボン玉吹く口先のぼくの返事がぼくの程度か

国民という名で生きてサキさんの胸に寂しき迷子の名札

農婦たる決意であった夏の陽が頭上に射るを避《よ》けずに浴びる

出征の兄の祝いの品々に観音像の写し絵出できぬ

サキさんが春の駅舎に歩みゆく兄が着くはず戦死の兄が

菜の花は春の官能振りまいて開《はだ》けた裾が黄に染まりゆく

ジャンヌ・ダルク

昭和二年若き祖父母が並び立つ皇居の写真文箱より出づ

文盲の祖母でありしも一片のうた詠めば歌はな咲けば花
あえかなる光は波濤となる夜明け蹴散らせぬ胸の良心なるもの

挽歌集一冊一夜を読み通す暁《あけ》の山茶花突っ伏して落つ

初雪が降ったと書いて絵葉書を投函すなり　あなたに平安を《アッサラーム・アレイコム》

内省と羞恥と不快いつよりか直立二足歩行をせしや

顎の幅を超ゆる蛙を頭から飲み込みながらうっとりとする。嫌なやつ

桜桃忌の夜は小雨でポスターのジャンヌ・ダルクの髪濡れていた

「血塗れマリー《ブラッディマリー》」という名の紅き百合その高き空戦闘機ゆく

ブランコの反復の幅で生きている鎖を腕に抱きておれば
スイマーの息継ぎほどに美しくアタマは揺れる会議室にて

仮病だろう五月の湖面ゆらゆらと無気力白鳥残るを決めし

胸の奥の訳のわからぬ雲海を幾度か飛んできた刺客《アサッサン》

風に揺れる半紙に「感謝」と書かれおり椅子九つの呑み屋おしまい

呑み干して天を仰いで溜息を形のままに宙に放てり

何時よりか胸に宿りし悔いありて羞恥の火花が時折爆ぜる

磐越西線

学校まで踏み跡辿りともに行く姉よ僕の手握ってくれぬか

皸《あかぎれ》を隠して当たるストーブの少女は大人の匂いしていた

ダム湖にはかつて大きな村があり祖母と住みたり少年われは

薄暗きダム湖の底は文明の滓《おり》と思えばわが故郷は

水力ダム事故死の父を呼ばう子の声枯れておりて僕らも泣いた

白い箱迎えし夜はワイシャツに付きまといつつ一つの蛍

遠足のリュックの母の握り飯またこの坂に座して思えば

長月の雨が残りて夜の鉄路磐越西線こころ哀しも

風に醒め雨降り止まず終電車猪苗代駅人恋わんかな

椿坂、テネシーワルツ

夜想曲

また少し君の眼差し遠のいて夏の木椅子に靴片一方

1

板硝子かたかたと鳴る窓並ぶ会津連隊跡地のカフェの

時ならぬ額打つ雪に火照る頬今日に限って話がしたい

寒気団落ちくる窓に思いおりあの悔しきこと恥ずかしきこと

殻脱げず縊れて死せる蜩《ひぐらし》の沙羅双樹の花崩れゆく夏

濡れた傘の追憶慕情飲み過ぎの重き眠りに沈んでいたり

淫らにして枝垂れ揺れて花明かり沈む心地す眼《まなこ》閉じれば

春愁に胸を抱きてぬばたまの夜中の風呂に顔浸けている

息子よ顔高くして眼を閉じよ俺の手になる水飲むために

結局は聞かず赦せば午後の月スキンヘッドのように転がる

2

死者ばかりボニーとクライドまたしても自由に生きるなどと云うのだ

開戦の年の写真の右奥に背筋伸ばした十五の父は
戦時服着た少年の父がいる貧しき子らのその一人とし

むらむらと風を抱きて白躑躅その木下闇小さき地蔵

黄の百合にわずかに風吹く真夜とみに無聊なれども月がきれいだ

特攻の父の入院決めし夜に夜来香《イエライシャン》が甘く咲きたり

3

鶴ヶ城天守閣から鉄門《くろがねもん》椿坂には夕虹の弧

激戦地椿坂下喫茶店アラブ珈琲かくも甘きを

偶然を装うわれは薙刀の部活帰りを待つ十六のころ

ときめきを告ぐることなく求めたるピアノソナタ月光の曲

少しずつ日は縮まりて駆け戻る藍色の空六才九月

姉の名をだれか呼ぶ声夕焼けを背負って帰る夕餉のために

飯盛山駈け登りたる若き日も在りたるものを寂しき夕べ

風はただ坂を吹くだけ屠腹せし若きら並ぶ石段の上

一日をやたらに風は吹き抜けて転身したるわが身揺さぶる

ゆっくりとお濠をめぐる巡回バス戻り来ること遠くに行けぬこと

この角を曲がって止めてとタクシーに言うからまたも日常がある

4

雨重く紫陽花の花垂れていて前途多難が増えた気がした

堪らなくなればダミアを聴きに行く火のごとき酒並ぶ酒場へ

雨

夕暮れを濡らす小雨に昼酒のますます深く耳鳴り止まず

1

夜の電車窓に飛ぶ花春の雪排中原理はこういうことか

ああ、あれは寺山の櫛かもめ飛ぶ小雨に煙る塩屋崎より

埋めたるもの櫛にあらずや受苦のまま棄教のようなるジャックナイフ

鐘が鳴るハナカイドウが揺れており誰かが呼ぶよな耳鳴りがする

出奔の機会窺う女いてブイヤベースふたふたと煮る

2

ジョニー・レイの真似して傘を投げ捨てて空見上げてもしょぼくれた雨

板硝子裂く春雷が…　などとぼく白川和子に手紙を書いた

愛してる愛していない花びらを撒いて無人の駅舎の四月

フェルメール「リュートの女」の眼がきらいプリンセステンコーの方がいい

何もかも質を変えおり今日の日はさようならまた、また会う日まで

いきり立つ蒸気機関車軋む音人憎むことまた甦りくる

テネシーワルツ

灯の消えた舞台練習ハミングの寂しき夜のテネシーワルツ

1

棘残る薔薇の花束むせかえる楽屋の奥の衣装とならぶ

寒気団は空席ふやしてストーブの薄着のダンサー舌打ちをする

花を編む踊りの女の指の先折れた菩薩の指先欲しい

衣装飾るマネキン廊下に並びおり冷たく固い眼差し持って

音たてず中将歩む一の松裸の能もそれはそれとて

蟬衣はらり脱ぎ捨て歩み来し女はビールのように涼しい

朱のライト舞台染めつつ偏愛の安寿のように踊り始めつ

お兄ちゃん前においでよ頰あげて不偏不党を教えてあげる

常磐線二十四時発終列車見送るために飲んでいたぼく

2

半島の瓶が漂い着く浜の漁師の三女と踊り子　ホントはねと

本当の父は終戦六月の台湾沖に逝きしと語りき

夏は嫌い九段の坂がきついから晩夏の斜陽女を照す

鳥のように海の向こうを思う夜は誰れか遠くにいる夢を見る

生きるためわが子と幾多の乳児抱く子守り女は踊り子の母

3

ふわふわの蛍のようなほろ酔いを一掴みほど撒いて帰りく

電線を揺らして風吹く夜明け前だれか遠くで呼ぶ声がする

白い薔薇ドーラン匂う姿見の前に置かれて恐ろしからむ

それぞれの繭にこもりぬ若き日のその日は連なり遠ざかりゆく

また一人繭に籠りていまわしき蛾となる夕べ金星光る

胸乳喰う闇の蛍が棲むと云う踊り子それは幸せならむ

飲みたくて飲んじゃいないわ雨の夜は薄着の胸に風が吹くから

もう少し怒りが通り過ぎるまで星湧く空の下に居たい、と

天の川溢れるほどに揺らめいて生まれる子の星死ぬ人の星

生まれ出づる悩みもとうに失せ果てて酒量ふゆるは苛むこころ

4

手拍子が秩序であれば舌打ちはわがささやかな反逆である

今日例え何があっても完結す美の観念として大輪百合《カサブランカ》咲く

不実にて生きているぼく雨近く薄羽蜻蛉肩に纏わる

払暁のフランツ・リスト「ラ・カンパネラ」例えば君の時差ある怒り

災いに似た湿りある落ち葉焚く秋は秋の香すなわち暗き

跋　一兵卒の歌

福島泰樹

1

初めて会津の地を訪れたのは、一九六六年夏。磐越西線の車窓、ゆくて遥かに現れた磐梯山の雄姿はいまだ眼窩に焼き付いている。会津若松の旅館に投宿、下駄で磐梯山に駆け上り、若松城から白虎隊の墓に詣でた。早大学費学館闘争敗北の夏、私は文学部の五年生であった。

駅の北に磐梯山がそっと立つ仲間はずれのようであったよ　（坂道）

矢澤重徳との出会いは三十数年前。「月光の会」創設の時期にさかのぼる。会津若松市農協から講演会の依頼があったのだ。日の丸を背に壇上に立ったのを覚えている。講演を仕切ったのは矢澤重徳。巨魁演じる若き片岡知恵蔵を彷彿させるその容貌に接し、こいつは只者ではないと思った。時を置かず、矢澤は会津若松市文化センターで、私の短歌絶叫コンサートを開催してくれた。ホールは満杯、短期間にどうやって四百人もの観客を動員したのであろうか。貴奴、学生時代、活動家で鳴らした奴にちがいない……。昭和という時代が終わろうとしていた。

地吹雪に口をしっかり結びたり佇ちつくす胸のそのがらんどう　（坂道）

それから何度か、会津若松を訪ねた。東山温泉に宿泊した折だ。渠《かれ》は、薬膳鍋の酒家へ案内してくれた。膳には、農家で密造したというどぶろくが一本突っ起っている。巨漢は一升瓶を片手で摑む。豊穣の酒の乳白色がどくどくと私のコップに注がれる。私は、ビールを飲むように一気に喉に流し込む。鍋の朝鮮人参を齧り、またどくどくと胃の腑に酒を注ぎ込む。一升瓶はたちまちに空。この男と飲む酒は格別に旨い。酒の味は、その場と相手でいかようにも変貌する。雪のちらつく寝静まった色町を抜け、淋しげなバーのカウンターで私たちは、妙にしんみりと向き合った。私は若き日の過ちを語り、渠はゆったりとした口調で来し方を語った。なにごとにつけ深刻がらないところが、この男の特性である。

菊の首溺れるように揺れるから銀杏拾えばぼく帰るから　（停電）

生まれは、新潟県の国境に近い南会津郡只見町、日本有数の豪雪地帯だ。農家の次男に生まれた父は農は継がず教員の道を歩んだ。戦時、特攻隊を志願したが出撃には至らなかった。父の兄は、南方に向かう途中、台湾沖で戦死……。母は病弱で、幼い渠は祖父母に育てられた。バーボンを片手に母を語るその口調は優しい。

おんな下駄、素足、パラソル、絽の絣、陽炎ゆれて思い出せない　（薄化粧）

祖父母、父が居て二人の妹と共に育てられた山峡を清らかな川が流れる天然の地は、いまは渠の記憶の中にしかない。維新、そして戦後の経済政策もまた弱者を切り捨てるところから始まった。渠は湖底に沈められた村の伝承を語り、ゆたかで淋しかった幼年を語った。

美しき終りのかたち花吹雪　此岸の境界跨ぐがごとく　（声）

翌朝、渠の案内で家老職西郷頼母旧宅「会津武家屋敷」を見学。「手をとりて共に行きなば迷はじよ」、次女瀑布子十三歳の辞世だ。西軍の総攻撃を前に、城に籠ることなく自刃した五人の子女たちの一人だ。たまらずに、落涙。次いで、「院内御廟」に案内してくれた。会津藩主松平家代々の墓所が十五万平方メートルという広大な山域に祀られている。誇らかに杉の大木鬱蒼と聳える石段を渠は駆け上がった。渠が発する「いんない」という響きの中に会津藩三百年の歴史は、静かに脈打っている。

宿縁を思い出させてあやめ咲く刑場跡は白鼠の空　（帰郷）

旧神指《こうざし》村、会津若松市神指町に慶長五年に遡る未完の城跡はあった。規模は鶴ヶ城の二倍、完成していれば奥州一の巨大城郭となっていたでしょう。本丸跡に立ち私は耳を傾ける。眼下には阿賀川が春浅いひかりの中に煙っている。ほど近く柳青める一帯に旧会津藩処刑場はあった。涙橋は、中野竹子ひきいる娘《じょう》子隊《したい》が奮戦した地である。渠の口調が潤い熱をましてゆく。旧城下に引き返し御三階の阿弥陀寺に。「御三階」は、鶴ヶ城から移された閑雅な建築物。御三階を見上げる位置に会津戦争「東軍墓地」はあった。

満月を背に舞い上がる白鳥の躊躇いながら円描きつつ　（坂道）

慶応四年八月二十三日、若松城下に雪崩れ込んだ薩摩、長州、土佐、肥前の西軍は、町人百姓、老若、婦女子嬰児の別なく殺戮強奪のかぎりを尽くした。会津降伏の後、薩長占領軍は「賊軍の遺体に手をつけるな」の命令を下した。このため城下に千数百の遺体は放置されたまま野犬や烏の餌食となった。年を越し雪が溶けた後の城下の無惨！　遺骸を放置せざるをえなかった人々の口惜しみは想像を絶する。会津の人々の語る「戦争」は断固、先の大東亜戦争を指してではない。いまなお戊辰会津戦争にほかならないと、渠は言う。Ｂ29による本土空襲は人々を焼き殺し家を焼き尽くしはしたが、女たちを手込めにはしなかった。

千二百八十一体が埋葬される「東軍墓地」を詣で、次いで東明寺内「西軍墓地」を詣でた。「官軍」の名のもとに残虐のかぎりを尽くした人々に、いまだ会津人は華香を手向けているのだ。それから旧城下の町屋風小料理屋に案内され昼の酒とあいなった。酒は「開當男山」、渠の故郷南会津の酒だ。郷土料理「こづゆ」の講釈を聞きながら会津塗の酒杯を口にはこぶ。

この町を出ようというに西出丸椿坂は雪　さむざむと見き　（声）

2

薩摩半島南部知覧の地を初めて訪ねたのは、二〇〇二年十月。一九六〇年以後は、西暦でないと感じがつかめない。

知覧特攻平和会館展示室で「夕べ、大平、寺沢と月見亭に会す。」に始まる手記（昭和二十・四・八）に出会いひどく感動。帰りしな『群青』（知覧高女なでしこ会篇）を手にし、快哉を叫んだ。巻頭に、この人の手記が、簡単な履歴の後に掲載されているではないか。穴澤利夫　福島県出身、中央大学を繰り上げ卒業、特別操縦見習士官一期生として陸軍航空隊に入隊。日録は、「昭・二十・三・八」に始まる。「八時半、雪に覆はれたる郷里の駅頭に立つ。／粉雪紛々たる駅前に立ちて、暫し無量の感に留まる。／思はざりし、昨年」「帰郷せし際に再び帰ることあるまじと思ひたるに、今此処に再度の帰郷に会すとは。」の格調高い一文に接し、もしや穴澤利夫少尉は会津の人ではないか、そんな想いが脳裏を走った。さらに、「我が命、今にして捧げまつらずんば再びその機来らざるべしと、自ら決するの時機を迎ふ」の一節に、法華経のゆえ、頸を斬られに由比ヶ浜龍口刑場に向かう日蓮の気魄を思った。

風はただ坂を吹くだけ屠腹せし若きら並ぶ石段の上　（夜想曲）

月刊誌『正論』編集部の尽力で、穴澤少尉の故郷が判明。福島県耶麻郡駒形村、いまの塩川町である。会津領は耶麻郡から河沼郡、大沼郡一帯に及んでいる。私の直感は、当たっていた。私は、こころ躍る思いで東北新幹線に飛び乗った。「宇都宮」を過ぎてから降り始めた雪は、「新白河」を過ぎる頃には吹雪に変じ、「郡山」で下車。奥州街道「郡山」は、会津の城下町若松の玄関口である。磐越西線に乗り込むが、大雪のため動く気配はない。座席に凭れワンカップ「榮川」の蓋を開けた途端だった。松平容保という若者の顔が脳裏を走った。

京都守護職として六年もの長きにわたり御所を守衛、帝都を護り、孝明天皇の信任を一身に集めていた男が、天皇没するや突如として「逆賊」の汚名を着せられ、会津「開城」「領地没収」を命ぜられたのだ。慶応四年二月十六日、主従はどのような想いを抱いて江戸を後にしたのだろうか。松平容保主従の無念を思う。もはや戦うしかないではないか。しかしながら、千名もの藩兵をもっての京都長期駐留は、藩を疲弊させた。結果、軍備の近代化に遅れをとらせるという結果を招いていたのだ。

乗り継いで磐越西線曇り窓　透いて流れる真白き原野　（上野）

列車が走り出した。蒸気に曇った車窓の向こうを烈しく雪は吹雪いている。

慶応四年八月二十日、薩長を中心とした西軍二千六百は掠奪のかぎりを尽くし、二本松を発した。二十一日、母成峠の戦いを制し猪苗代湖十六橋を突破。

磐越西線は、真白の原野と化した戊辰激戦地を走り抜けてゆく。会津という広大な盆地が育んできた人々の、火のような義侠心を思う。敗戦の後、会津藩士は、会津降人として謹慎を命じられた。「降人」とは、罪人の意である。さらに旧会津藩二十三万石の旧藩士一族郎党（二千八百戸・一万七千人）には過酷な運命が待っていた。斗南藩、すなわち本州最果ての地、下北、上北、三戸、二戸の不毛の荒野への移住（流刑）である。小屋には家具はもとより布団さえもなかった。旧藩士一族郎党は、人々に「会津のゲダガ」「ハドザムライ」と蔑まれ朝敵、賊軍の汚名を着せられたまま風雪激しき地で開墾に明け暮れた。

下北の野辺地で私は、「會」の旗を見た。北方領土（国後島）を臨む根室野付半島にも會津「會」の藩旗は翩翻としてひるがえっていた。望郷の思念を滾らせながら北方の異郷の地に果てた人々の墓であった。会津人《あいづびと》・穴澤利夫を語るとは、そうしたことなのである。戊辰に遡ることなく会津人を語ることは出来ない。矢澤重徳とて、同じこと……。致命を負って生まれ出でたのだ。

3

インターの歌知らざればデモ隊の野火に似て湧く日大校歌　（敗走）

二杯目の「榮川」の蓋を開けながら、会津若松の駅舎で待ちわびているだろう矢澤重徳を思った。一九六六年春、会津若松の高校を卒業した渠は、若松を離れ郡山の高校に進んだ。早大闘争を機に学園闘争は全国に波及してゆく。時代は動乱の六〇年代後半を迎えていた。六七年一月、明大学費値上大衆団交、高崎経済大学バリケードストライキに突入。一〇・八佐藤訪ベトナム阻止羽田闘争では、京大生山崎博昭が虐殺され、十一月、第二次羽田闘争。ゲバルトの地平が切り拓かれたのである。

我らみな雨に洗われ立っている街路を走り走り行くため　（敗走）

一九六八年は、佐世保エンタープライズ寄港阻止闘争に始まる。二月、中大学費値上闘争を勝利。三月、三里塚闘争機動隊と激突、王子野戦病院反対闘争。五月三十一日、日大、三万人が大衆団交要求デモ。不正入学金脱税、使途不明金三十億円発覚に端を発する日大闘争の実質的幕開けであった。全共闘運動は全国高校にも飛び火していた。渠の東京、神田カルチェラタン通いが始まった。新幹線などむろんない時代だ。郡山から東京まで四、五時間は優にかかったであろう。

思い出す、神田白山通りを埋め尽くした日大生たちは、政治集会というと学生達が必ず歌った「インター（インターナショナル）」の歌「〽起て飢えたる者よ　今ぞ日は近し／覚めよ我が同胞《はらから》　暁は来ぬ／暴虐の鎖断つ日　旗は血に燃えて……」を知らなかった。たどたどしい演説に、セクト領導ではない学生たちの自発的運動の高まりをみた。集会の終わりに学生たちが肩を組んで歌ったのは、なんと自校の校歌であったのだ。

霙降る校舎の窓よ椅子のないロックアウトの教室暗し　（敗走）

そして翌一九六九年一月、私はこの眼で、日大全共闘の堂々の行進を目撃している。場所は本郷、東大安田講堂前広場。青く晴れ渡った青空の下、武装したヘルメット部隊が正門から続々と進軍してくる。医学部の登録制反対に端を発する東大闘争はすでに最大の山場を迎えていた。早大闘争敗北後、大学は卒業していた私ではあったが、踏ん切りが付かないままカルチェラタンと化した神田や機動隊導入の危機に震える東大構内をヘルメット片手に往き来していた。私もまた寄る辺なき身の、一兵卒であった。

いま最後の決戦を前にした東大安田講堂前は、万余の学生部隊で埋め尽くされようとしていた。決起集会を取り巻く群衆から一段高い拍手が起こった。鉄パイプを手にした銀ヘル部隊二千人が整然として入場してくる。右翼運動部応援団の支配下に置かれたマンモス大学日大の、インターさえ歌うことを知らなかった学生たちが、短期間のうちにこれほどまでに成長したのかと思った。

封鎖ならず追い詰められて非常口螺旋階段の錆　軍手に赤し　（敗走）

直接民主主義を標榜する全共闘運動が、その自己否定の論理の果てに向き合ったものは、維新新政府以後の管理権力機構と、それを可能にした国家権力そのものであった。彼ら全共闘運動の不服従・終わりなき戦いの論理の前に、戦後民主主義が勝ち取ってきた遺産の数々は色褪せたものでしかなかった。大学とは何か、学生とは何か、俺とは、お前とは誰であるのか。全面的否定非妥協の行着く先は敗北であった。一九六九年春、矢澤重徳は敗色濃いバリケード・ストライキ中の日大法学部に入学。日大闘争は、敗北を自明とした「終わりなき闘い」の結実の場を迎えようとしていたのだ。

銀ヘルの群れは波打ちブラウスの　君泣いていた白山通り

法学部校舎「立入禁止」され抗議のデモに降る、机、椅子
君に会いに小菅の塀を沿ってゆく小菅の塀に花は吹雪かず　（敗走）

4

改札には矢澤重徳が待ってくれていた。会津は、この冬一番の雪とのこと。真っ赤なワゴンボックスカーに乗り込む。「ジープかい、いい車だなあ」「ええ、富士重工レガシー四輪駆動です」。

「Ｌｅｇａｃｙ」か。……遺産、先人が遺したものの意、時代遅れの意もあるぞ。会津人矢澤重徳は、車名にさえ愛情を注いでいるのか。こんな会話が懐かしく思い出される。目指すは「福島県耶麻郡駒形村」の旧家。穴澤少尉の甥、兄の息子が家督を相続している。吹雪の町を抜け、車は速度を落としてゆく。吹雪の中、電信柱が黒く霞んでいる。視界は十数メートル。

一日をやたらに風は吹き抜けて転身したるわが身揺さぶる　（夜想曲）

「風の通り道に、雪は溜まるんですよ」

私は、幕府の頭目でありながら、大坂城を明け渡し、江戸へ逃げ帰った徳川慶喜という男のことを思っている。この男の優柔不断が、奥羽越後函館の地に未曾有の悲劇をもたらしてしまった。道理ゆえに戦い、壮絶な最期を遂げていった人々の死が愛おしくってならない。

黒い地吹雪の中を車は進んでゆく。

「会津は、春に植えたものが、秋に稔り、一年中食ってゆけるんですよ。会津は確実に飢餓を迎えたことがない。会津は豊かだから、自己完結を求めてしまったんでしょうね」

「確実に……」に籠めた会津人の想いが痛い。「自己完結」とは、悲劇への意志。滅びを覚悟しての意志（正義）の、貫徹をいう。晴れやかに堂々と生きた人々が拠る最後の矜持でもあるのだ。

一時四十五分。真っ赤な四輪駆動レガシーは、乳白の闇の中を進んでゆく。

開戦の年の写真の右奥に背筋伸ばした十五の父は　（夜想曲）

第二〇振武隊少尉穴澤利夫が、最後に故郷の地を踏んだのは、昭和二十年三月八日夕刻。駅舎には飛雪が濛々と舞い込んでいた。力強く雪を踏む軍靴。雪明りの農道を、万感の想いをもって父母おわす駒形村常世の生家に歩を進めた。「父上よ、母上よ、叫ばんとして声なく、温顔を仰ぎて心に哭く。／我が任や軽からず、明すべきに非ず。必死を思ふわが心移らざるか」

吹雪を呑み込むように満々と水を湛えた阿賀川を渡る。雪嵐の中を黒い影のように直立する電信柱以外には、何も見えない。雪に埋もれた農道を勘を頼りに車は進んでゆく。うっかり道を踏み外したら、雪原の中に立ち尽くすしかない。

「会津若松から、磐越西線新潟行きに乗換え、塩川駅で下車したとしても、この雪ではタクシーは動いてはいないでしょうね」

農道をゆく渠のハンドル捌きの妙に、帰郷後数十年の苦節を思う。日大全共闘議長秋田明大が逮捕されたのも、雪の日のことであった。

特攻の父の入院決めし夜に夜来香《イエライシャン》が甘く咲きたり　（夜想曲）

暗く降り頻る雪の下には広大な田畑が広がっているのであろう。しかし擦れ違う車もなく、道を聞くこともできない。『正論』編集部が教えてくれた穴澤家に電話を入れる。甥ごさんが高いトーンで目印を教えてくれている。しかし、会津弁はにわかに耳に馴染みにくく電話を渠に代わる。会津弁の素朴さが懐かしい。こんな優しい言葉の遣り取りをする人々が、鳥羽伏見の戦（慶応四年一月三日）以後の全てを一身に抱え込んでしまったのだ。

責務を負うべきはずであった男がいる江戸が、戦場になるべきはずではないか。幕臣たちは上野寛永寺ではなく江戸城に立て籠もるべきではなかったか。そうすれば、会津に三千人もの戦死者を出すことはなかったのである。

どの時代でも、その首脳は責務を負わないで済むという、権力のメカニズム！

そして、維新政府が起こした日清、日露、日中、大東亜戦争。穴澤利夫、渠の父の世代の人々……。

板硝子かたかたと鳴る窓並ぶ会津連隊跡地のカフェの（夜想曲）

5

穴澤家は会津戦争の戦死者を出した村内屈指の郷士の家であった。蔵に大切に仕舞ってある穴澤少尉の軍服も見せていただいた。雪は熄む気配もなく吹雪きつづけた、東山温泉の宿で吹き曝しの湯に浸かり酒盛りと相成った。

私は焼跡の記憶を話し、渠はダムの中に沈んでいった幼少年期の思い出を語った。母を語るその甘い口調に、この女っ誑しがと思った。

もし僕を生んで始まる苦しみの果てであったか　ただ蟬時雨
クレゾールは少し哀しい、夏の窓白きカーテン吹く風がある
ボンネットバスから降り来し若き母の素足見ておりわが幼年期
病室に薄化粧する母がいて窓射す夕陽にカーテン引きぬ
薬売りの紙風船は柔らかく転がっていてつつましき朝
まどろむ母見つめる僕と夏服を着ても寂しき青空のした　（薄化粧）

酔いも手伝ってか渠の話は、一歳で母に死なれ、祖母に育てられた私を切なくさせていた。

胸探り鼓動を聞いて陽だまりの祖母に抱かれて指を吸いつつ
菊の首溺れるように揺れるから銀杏拾えばぼく帰るから
眼を閉じた母の冷たき頬撫でる己が涙で目覚めし夜明け

二人の母並ぶ戸籍簿律儀なる青き斜線のただ紙なれど　（停電）

話は、いつか一九六〇年代末から、七〇年代初頭へと差しかかっていた。

湿りもつ三尺路地に俺もまた発情過ぎた幾匹のオス　（黙契）
いつからか如何で退きどき計りおり尖った夕焼けまた俺を刺す
常駐を信条として逃げもせず戦いもせずまた酒を飲む
伽羅色の皿のカレイが両目して天を睨んで総括せぬか　（上野）
かさかさと菩提樹の葉の落ちた先　駿台行きのバスが出てゆく　（待つ）
六月の歩道を叩く雨音に隠れて棄てしは旗のみならず　（帰郷）

日大闘争敗走後、足は大学から遠ざかっていた。いまだ上野が東北地方への玄関口であった時代だ。足は上野から浅草へと向かった。女との出会いもあった。

いつしか年上のストリッパーと、身の上話を聞いてやるような仲となる。上気した私は、空になった渠の茶碗になみなみと酒を注ぐ。

芸名をリリーと言った。貧しく、複雑な家庭環境のなかで生まれ育った。育ての父は、邪険な男で大酒飲みだった。渠は、とつとつとまるで昨日のことであるかのように女の境涯を語った。

第二次世界大戦の死者は、日本兵の戦死者だけでも二百万人を超えている。父親の居ない子供たちは、日本中に満ちあふれ寡婦となった女たちが働き、必死に子供を育てていた。父母、親族を戦争で喪った子供たちは浮浪児になるしかなかった。東北出の彼女もまた、幼い戦争体験者であったのだ。

灯の消えた舞台練習ハミングの寂しき夜のテネシーワルツ
飲みたくて飲んじゃいないわ雨の夜は薄着の胸に風が吹くから
花を編む踊りの女の指の先折れた菩薩の指先欲しい
常磐線二十四時発終列車見送るために飲んでいたぼく
本当の父は終戦六月の台湾沖に逝きしと語りき
夏は嫌い九段の坂がきついから晩夏の斜陽女を照す　（テネシーワルツ）

6

それから何度か会津の地を訪ねた。

太平洋三陸沖を震源とする大地震が東北地方を襲った翌月、私は被災地の知人を見舞い、戊辰戦争の激戦地二本松に足を延ばし「二本松少年隊」の墓を詣でた。慶応四年七月、二本松藩兵は西軍を迎え撃つべく郡山へ出陣していた。手薄になった城内城下を守備するため、十五歳以上の少年六十二名をもって急遽組織され、隊名も決まらぬうちに出陣したのである。整然と並ぶ小さな墓に額づき碑銘を筆写した。「戦死／徳田鐵吉／十三歳」「戦死／成田才次郎／十四歳」。満年齢にすれば十二歳、十三歳のいまだ幼童ではないか。少年兵の戦死者は四十二名に及んだ。

敗北を自明とした戦い。義のために人は戦うのか。二本松城から、おのずと足は会津若松「白虎隊」の墓へ向かった。

折り返す人もありけり若きらの白虎の墓碑に忘れ雪飛ぶ　（坂道）

飯盛山下から職場へ電話を入れ、「あいづ農業協同組合」本店に急行した。

市内は普段ののどかさを欠き、ごったがえしていた。農協本店の重責を担う矢澤重徳は、被災者の受け入れに奮戦していた。開口一番、私は「東日本大震災」という呼称に異議を唱えた。「東日本」とは通常、北海道、東北、関東三地方の総称である。太平洋三陸沖を震源とする大地震から、なぜに「東北」の名を消し去ってしまったのだ。正しく事態(歴史)を伝えてゆくためには、「太平洋沿岸東北地方大震災」とすべきではないか。

結局は聞かず赦せば午後の月スキンヘッドのように転がる　(夜想曲)

いつものゆったりとした笑顔が返ってきた。喜怒哀楽の怒を露わにしないすべを、渠はどこで習得してきたのか。おそらくは戊辰会津戦争以来百数十年に及ぶ歳月の中で培われてきた血脈、ではないのか。すべてを奪われ喪ってしまった後には、泣くか笑うか、死んでしまうしかないではないか。すでにして、世の推移を知見してしまったとでもいうのか。仏教ではそれを「諦観《ていかん》」という。だが「諦」は、「諦め」を言うのではない。明らかに見極めることを意味するのだ。

ああ、あれは寺山の櫛かもめ飛ぶ小雨に煙る塩屋崎より　(雨)

私は、さらに畳みかけた。なぜに、原発事故が福島で起きてしまったのか。原発から送られる電力を消費するのは東京ではないか。被災するなら、東京が被災すべきだ。

律令制以来、中央から東国は、東夷《あずまえびす》、蝦夷《えみし》と蔑まれ追いやられてきた。戊辰戦争にしたって、相手が東国でなければ、ここまでのことはしなかっただろう。原発事故は、まさに戊辰戦争の延長線上にある。その根底にあるのは、経済、すなわち札束にかたちを変えた侵略思想だ。「朝敵」の汚名を着せられ、さらに極北の地に追いやられていった会津の人々、その同じことが、この福島県下で起こってしまったのだ。まるでその手口たるや、薩長がしてきたことと同じじゃあないか。

見ていてごらん。この先、東京電力も、原発を推進し利権を恣にした奴らも、政党も官僚も、国家も誰一人責任をとろうとはしないから。農村、漁村の生活の貧しさに付け込み、村落共同体を根刮ぎ破壊し、札束で人々の顔を叩きつづけてきた奴ら……！

殻脱げず縊れて死せる蜩《ひぐらし》の沙羅双樹の花崩れゆく夏　（夜想曲）

7

常任監事二期目にして遭遇した福島県の危機、監査役のトップである農協本店での渠の職責は重たい。福島県下の大地震津波の死者はすでに千四百人を超え、行方不明者は千三百人に及ぼうとしている。会津若松市では、市内の温泉旅館、ホテルなど宿泊施設の大半を罹災者受け入れに用い、市内十二ヶ所に仮設住宅を建設中、大熊町二千七百人、相馬町四百人、浪江町二百五十人を始め多数の罹災者を受け入れた。

結果、ＪＡバンクの窓口は罹災者で混乱した。預金の引出しである。動いた額は数億円を超え、日本トップとなった。避難民の中には、通帳も印鑑もない人々が多数いた。家屋崩壊、家屋流出、放射能避難勧告など理由は様々だ。決裁の最高責任者は常任監事矢澤重徳である。農林中央金庫に確認、通帳の再発行には相当の日数を要する。渠は、自身の責任において申し出を受け入れた。

保険など共済事業の申し出も煩雑を極めた、おそらく渠は人生で最も重責を背負った充溢多忙の時を迎えていたのではないのか（日大闘争が静かに渠の中で再燃していた）。さらに、全国から送られてくる支援物資の仕分けは、市は不慣れのため農協が受け持つこととなった。夜は、その仕事を率先指導した。が、同時に渠は深い悲しみを抱えていたのだ。

春愁に胸を抱きてぬばたまの夜中の風呂に顔浸けている　（夜想曲）

昼、夜は職務に忙殺されていたからよかった。だが深夜に帰宅し、風呂に入った途端、悲しみがどっと渠を襲った。

次々と生存メール入りし日の消せぬ一行「君流された」
四日目のニュースに君の訃報知る二万の人のその一人とし
両の手で顔を覆いて泣きしこと夜半の風呂にて二度ありたれば
ぼくは砂を胸に流して立っている砂時計に似てただ佇っている
手を合わせ朝日に祈る指先が息ひとつ分あたたかくなる
夕されば軒下少し寂しくて誰も気づかぬ誰にも知れぬ
悲しみは質を変えおりその人の熱と時との脈を思えば
斯かることもいつか終わると寝ころべば梁に垂れたるわが身であるか
彼の背に拡がる波を見続ける繰り返しという時に託して　（波濤）

いわき市を襲った大津波で友を亡くしていたのだ。農協の旧き仲間で、扶け合いつつ生きてきた。義俠心つよく、かけがえのないガッツな奴であった、という。

堪らなくなればダミアを聴きに行く火のごとき酒並ぶ酒場へ　（夜想曲）

8

震災から七年の歳月を経た春、ぶ厚い歌稿が送られてきた。私は丁寧にこれを読み、編纂にあたった。東北地方大震災の悲しみを歌った「波濤」中のこの一首に心が震えた。

ぼくは砂を胸に流して立っている砂時計に似てただ佇っている　（波濤）

震災で友を喪くした放心を詠んで、竫《しず》かなる絶唱である。

この歌を序歌に立てよう。この一首こそは、百五十年前に遡る会津を、そして福島が背負い込まなければならなくなってしまった原発事故を、人間の悲しみという次元に、砂となって還元させているからである。

福島県の西部。東に奥羽山脈、西に越後山脈、北に磐梯山を眺望する会津の歴史は旧く、古代律令時代に遡る。会津はまた、戊辰戦争激戦の地である。会津人は、「逆賊」「朝敵」にされてしまった口惜しみを子々孫々にわたり深くしてきた。矢澤重徳祖霊の地・南会津郡伊北村は旧くは天領、幕府がこれを直轄していた。したがって戊辰戦争時には、西軍に激しく抵抗した。中に、渠の曾祖父がいた。

本歌集『会津、わが一兵卒たりし日よ』は、曾祖父が「一兵卒」であった日に遡る。歌の背後には、日露戦争時の祖父が、大東亜戦争時の父が、日大闘争時の渠が、悲しみの砂を胸に流しつづけているのである。おりしも戊辰戦争百五十年にあたる本年は、一九六八年日大闘争突入五十年の年である。

われながら長い跋文となってしまった。書くべきことは書いた。さらに付け加えるならば、渠のやわらかな放心と、会津という風土と歴史が育んだその情感を味わっていただけたらと思う。本歌集が多くの人々に読まれんことを願ってやまない。

あとがき

「日大闘争の歌があるだろう。どうして発表しないのだ」

初稿を見て頂いた時、師福島泰樹の電話の第一声だった。

思えば、一九九〇年頃から短歌を書き散らし、現在に至るまで未発表歌も含め二千首ほどあろうか。歌集にはそのうち三百首ほどを選び、師に通読をしてもらうまで所謂私の「闘争歌」は含んでいなかった。師の指摘に歌稿ノートを繰ると私の「闘争歌」は成熟も発酵もなく、方法的懐疑どころか只々微熱があるのみであった。推敲しその内から二十首ほどを選んだ。

最初の選歌にあたり、来し方の揺らぎが那辺に漂うかを表せたらよいと思いながら自選した。とはいえ、なんという意気地のない歌の数々であろうか。思案を巡らした結果が斯くの如くである。私の中の時の移ろいなどは抜きに、一片の歌として読んでもらうしかあるまい。歌が意見でもなく、歌の何かが必ずしも本心ではなく、時に歌の反論を期待したり煽ったり誇張したり。懐疑や矛盾の中に私自身の本心が見え隠れしているようだ、とも思える。歌の中には、今はもう同感できない心根を歌ったものもある。しかし、これも私の歌である。

一九八〇年晩秋、私は青森市を旅行した。だびよん劇場に向かう道すがら古書店を覗くと一冊の歌集が目についた。福島泰樹『バリケード・一九六六年二月』であった。二刷の少し汚れて日焼けした歌集を通じて、師との最初の出会いであった。歌集には、松田修、龍が跋を記したパンフレットが綺麗に畳まれて挿んであった。龍の最後の二行がイカシてる。「二十一世紀がきて僕らの子供たちが青春を迎えたら言ってやりたい。―実際に有ったことも歴史のうちなのだよ―」今も他の初版本よりこの日焼けした歌集を大切にしている。

幾度か大きな短歌結社の歌会に参加したことがある。しかし続かなかった。若かったせいもあり権威の匂いが鼻につき面白くなかったのだ。しばらく独学自習での作歌が続いたが、一九九〇年頃「月光」設立を聞き参加した。青森で『バリケード』と出会ったことは私にとって大きな事件であった。

本歌集を上梓するにあたって、題名や構成など多くを師の意見に従った。また、多忙な中「跋」まで書いて頂いた。今後の励みとする以外に恩に報いる道はあるまい。そして私の雑な歌稿を整理して纏めて頂いた皓星社の晴山生菜さん、ありがとうございます。

歯に衣着せず闊達に意見を頂いている「月光」の歌友には感謝してもしきれません。本当にありがとうございます。皆さん、心からありがとう。

二〇一八年十一月十五日　平成最後の晩秋

暮六亭にて　矢澤重徳

挿画　佐中由紀枝
装丁　栗原奈穂

矢澤重徳（やざわ・しげのり）
一九五一年　福島県生まれ　会津若松市在住
一九九〇年　月光の会入会
二〇〇四年　福島県文学賞短歌奨励賞受賞

月光叢書＊02
矢澤重徳歌集
会津、わが一兵卒たりし日よ

二〇一八年十二月十三日　初版発行

著者――矢澤重徳
発行者――晴山生菜
発行所――株式会社皓星社
〒一〇一-〇〇五一
東京都千代田区神田神保町三-一〇
宝栄ビル六〇一号
電話　〇三-六二七二-九三三〇
FAX　〇三-六二七二-九九二一
メール　info@libro-koseisha.co.jp

印刷・製本・組版――精文堂印刷株式会社

ISBN 978-4-7744-06695 C0092